JEREMI

Yn seiliedig ar *The Railway Series* gan y Parch. W. Awdry

Darluniau gan
Robin Davies a Jerry Smith

RILY

TOMOS A'I FFRINDIAU

"i Daniel, Luc a Josh"

Cyhoeddwyd yr argraffiad Saesneg gwreiddiol yn gyntaf yn 2008
gan Egmont UK Limited, 239 Kensington High Street,
Llundain, W8 6SA dan y teitl *Jeremy*.

Thomas the Tank Engine & Friends™

CREATED BY BRITT ALLCROFT

Cyfieithiad gan Elin Meek

ISBN 978 1 904357 16 2

Cysodwyd gan Wasg Dinefwr, Llandybïe, Sir Gaerfyrddin

Cyhoeddwyd gan Rily Publications Ltd
Blwch SB 20, Hengoed, CF82 7YR

www.rily.co.uk

Argraffwyd a rhwymwyd ym Mhrydain
gan Argraffwyr Cambrian, Aberystwyth, Ceredigion, SY23 3TN.

Dyma stori am Jeremi, yr awyren wych, a laniodd ar Faes Awyr Sodor ar ddiwrnod y Picnic Haf.

This is a story about Jeremy, a splendid jet plane, who landed at Sodor Airport on the day of the Summer Picnic.

Roedd Tomos yn cenfigennu wrth Jeremi tan i storm dorri ar yr ynys . . .

Thomas was jealous of Jeremy until a rain storm broke out on the Island . . .

Mae Tomos y tanc wrth ei fodd â'i gorn bach byr a'i foeler sy'n ffrwtian.

Thomas the Tank Engine loves having buffers that biff and a boiler that bubbles.

Mae wrth ei fodd â'i olwynion sy'n chwyrlïo a'i chwiban sy'n dweud "pîp-pîp!". . .

He loves having wheels that whizz round and round and a whistle that he can peep . . .

Ond yn fwy na dim, mae Tomos wrth ei fodd yn gweithio ar Reilffordd y Rheolwr Tew.

But most of all Thomas loves working on The Fat Controller's Railway.

Diwrnod y Picnic Haf ar Ynys Sodor oedd hi.

It was the day of the Sodor Summer Picnic.

Daeth y Rheolwr Tew i ddweud wrth Tomos bod ganddo waith arbennig iddo. "Rhaid i ti gasglu'r plant o'r Maes Awyr, a mynd â nhw i'r picnic," bloeddiodd yn siriol.

The Fat Controller came with news of a special job for Thomas. "You are to collect the children from the Airport, and take them to the picnic," he boomed, cheerfully.

Roedd Tomos yn llawn cyffro! "O'r gorau, Syr," chwibanodd, ac i ffwrdd ag ef ar unwaith.

Thomas was excited! "Yes, Sir," he whistled, and set off straight away.

Roedd y Maes Awyr yn newydd ac roedd pob injan eisiau mynd yno.

The Airport was new and all the engines wanted to go there.

Newydd gyrraedd roedd Tomos pan glywodd sŵn mawr yn yr awyr. "Wwwwsh!"

Thomas had just arrived, when he heard a loud noise in the sky. "Whoosh!"

Roedd awyren jet yn glanio!

A jet plane was coming in to land!

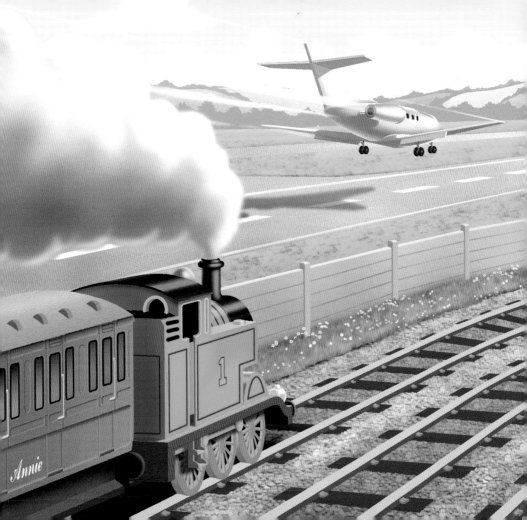

Pwffiodd Tomos draw at yr awyrendy mawr.
"Helô," meddai. "Tomos yr injan danc ydw i."

Thomas chuffed over to the big hangar. "Hello," he peeped. "I'm Thomas, and I'm a tank engine."

"Helô," meddai'r awyren. "Jeremi yr awyren jet ydw i.
Hedfan yw'r peth gorau yn y byd – dwi'n gallu gweld
yr ynys i gyd ar yr un pryd," meddai.

"Hello," said the plane. "I'm Jeremy and I'm a jet plane. Flying is the most fun in the world – I can see the whole Island at once," he said.

Roedd Tomos yn meddwl bod Jeremi'n dangos
ei hun.

Thomas thought Jeremy was being boastful.

"Wel, dwi'n hoffi teithio ar gledrau," meddai'n swta.

"Well, I like travelling on tracks," he huffed.

Pwffiodd Tomos i ffwrdd yn drist. "Dwi byth eisiau siarad ag awyren jet eto!" cwynodd.

Thomas puffed sadly away. "I never want to talk to a jet plane again!" he moaned.

Ond cododd ei galon pan welodd y plant yn aros ar y platfform.

He cheered up, though, when he saw the children waiting on the platform.

Roedd y Rheolwr Tew a'r Foneddiges Hatt yno hefyd, gyda basged bicnic fawr yn llawn dop o bethau blasus i'w bwyta.

The Fat Controller and Lady Hatt were there, too, with a large hamper, full of delicious things to eat.

Llwythodd y Gard y fasged bicnic i mewn i Clarabel.

The Guard loaded the hamper into Clarabel.

I ffwrdd â Tomos am y picnic, ond cyn hir roedd yn rhaid iddo aros wrth signal.

Thomas set off for the picnic, but soon had to stop at a signal.

Clywodd Jeremi'n codi i'r awyr. "Wwwwsh!"

He heard Jeremy taking off. "Whoosh!"

Wedyn hedfanodd Jeremi'n union dros ei gorn!

Then Jeremy flew right over his funnel!

"Dyw hi ddim yn deg!" pwffiodd Tomos. "Does dim rhaid i awyrennau jet stopio wrth signalau."

"It's not fair!" puffed Thomas. "Jet planes don't have to stop at signals."

Yn y picnic, roedd pawb yn cael amser da. Pawb ond Tomos.

At the picnic, everyone was soon having a jolly time. Everyone except Thomas.

Gwelodd Pyrsi ei fod yn edrych yn ddigalon. "Beth sy'n bod, Tomos?" gofynnodd.

Percy saw that he looked sad. "What's wrong, Thomas?" he asked.

"Mae awyrennau jet yn cael mynd i bobman. Hoffwn i fod yn awyren jet hefyd," meddai Tomos.

"Jet planes can go wherever they like. I wish I were a jet plane," chuffed Thomas.

"Ond mae injans yn gallu tynnu cerbydau, a mynd â phlant i bicnics," meddai Pyrsi'n hapus. "Mae injans yn Ddefnyddiol Iawn!"

"But engines can pull carriages, and take children to picnics," peeped Percy. "Engines are Really Useful!"

Ond doedd Tomos ddim mor siŵr.

Thomas wasn't so sure.

Roedd Jeremi'n hedfan i'r Tir Mawr, ond roedd cymylau duon yn yr awyr. Roedd yn rhaid i Jeremi fynd yn ôl i'r Maes Awyr.

Jeremy was jetting to the Mainland, but dark rain clouds were gathering. Jeremy had to return to the Airport.

Roedd Tomos yn mynd heibio wrth i Jeremi lanio. Doedd Tomos ddim eisiau siarad ag e.

Thomas was passing, as Jeremy came in to land. Thomas didn't want to talk to him.

"Tomos!" galwodd Jeremi. "Mae storm ar ei ffordd, ac fe fydd y picnic yn cael ei ddifetha!"

"Thomas!" Jeremy called out. "A summer storm is on its way, the picnic will be ruined!"

"Lludw a chols!" ebychodd Tomos. "Rhaid i mi ddweud wrth y Rheolwr Tew."

"Cinders and ashes!" gasped Thomas. "I must tell The Fat Controller."

Aeth Tomos ar wib drwy dwneli ac o gwmpas y troeon. Cyrhaeddodd y picnic wrth i'r diferion cyntaf o law ddechrau disgyn.

Thomas steamed through tunnels and whizzed round bends. He reached the picnic just as the first drops of rain began to fall.

"Brysiwch!" galwodd. "Mae storm fawr ar fin dod. Bydd popeth yn wlyb domen!"

"Quickly!" he whooshed. "A big storm is coming. The picnic will be washed away!"

Helpodd pawb i roi'r picnic yn ôl yn y fasged, yna aethant i mewn i Annie a Clarabel.

Everyone helped pack up the picnic and boarded Annie and Clarabel.

Roedd y plant yn siomedig fod y picnic ar ben. Yna, cafodd Tomos syniad. Rhuthrodd nerth ei olwynion i'r Maes Awyr.

The children were sad that the picnic was over. Then Thomas had an idea. He steamed to the Airport, as fast as his wheels would carry him.

Roedd Jeremi'n sych braf yn ei awyrendy mawr.

Jeremy was inside keeping nice and dry in his big hangar.

"Os gweli di'n dda, a fyddet ti'n fodlon i'r plant gael eu picnic yma, yn yr awyrendy?" gofynnodd Tomos.

"Please can the children have their picnic here in your hangar?" asked Thomas.

"Wrth gwrs," meddai Jeremi. "Dyna syniad gwych!"

"Of course," said Jeremy. "What a splendid idea!"

Roedd Tomos wrth ei fodd.

Thomas was very happy.

Cyn hir, roedd y plant i gyd yn teimlo'n hapus unwaith eto. Roedd y Rheolwr Tew yn hapus hefyd.

Soon, all the children were feeling jolly again. And so was The Fat Controller.

"Da iawn chi, Tomos a Jeremi," bloeddiodd. "Gyda'ch gilydd rydych chi wedi llwyddo i achub y picnic. Rydych chi'n ddau o rai Defnyddiol Iawn!"

"Well done, Thomas and Jeremy!" he boomed. "Together you have saved the picnic. You are both Really Useful!"

Roedd Jeremi'n falch ei fod wedi helpu.

Jeremy was happy to have helped.

A doedd Tomos erioed wedi teimlo mor falch o fod yn injan danc.

And Thomas had never felt prouder to be a tank engine.

Nawr, pan fydd Tomos yn gweld Jeremi'n hedfan fry yn yr awyr, mae e wastad yn chwibanu, "pîp, pîp!".

Now, whenever Thomas sees Jeremy flying high above him in the sky, he always whistles, "peep, peep!".

Ac mae Jeremi wrth ei fodd yn edrych i lawr i weld ble mae Tomos, wrth iddo bwffian ar hyd ei lein fach ar Ynys Sodor.

And Jeremy likes nothing better than looking out for Thomas, steaming along his branch line on the Island of Sodor.

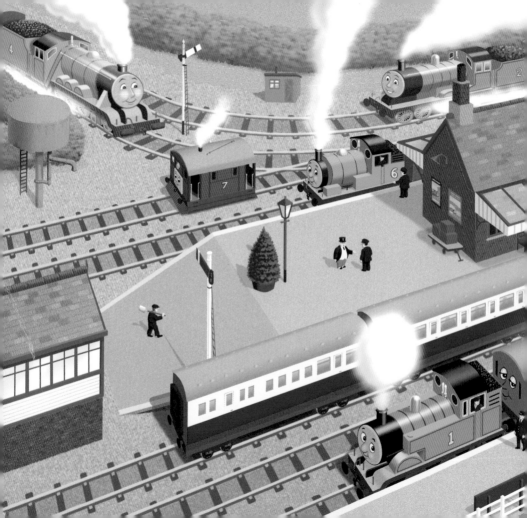

Llyfrau newydd dwyieithog eraill gan Rily

Other new bi-lingual books available from Rily

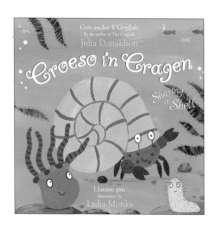

www.rily.co.uk